바이오리듬

시작시인선 0234 바이오리듬

1판 1쇄 펴낸날 2017년 7월 14일
지은이 류영환
펴낸이 이재무
책임편집 박은정
디자인 이영은
펴낸곳 (주)천년의시작
등록번호 제301-2012-033호
등록일자 2006년 1월 10일
주소 (04618) 서울시 중구 동호로27길 30, 413호(묵정동, 대학문화원)
전화 02-723-8668
팩스 02-723-8630
홈페이지 www.poempoem.com
이메일 poemsijak@hanmail.net

ⓒ류영환, 2017, printed in Seoul, Korea

ISBN 978-89-6021-327-2 04810
     978-89-6021-069-1 04810(세트)

값 9,000원

바이오리듬

류영환

천년의시작

한 줄로 남은 이야기 시

유대 미드라시(midrash)*를 인용하면 어느 날 다윗왕이 궁중의 우두머리 보석 세공인을 불러 명령하기를 "나를 위해 반지 하나를 만들고 내가 매우 큰 승리를 거둬 그 기쁨을 억제하지 못할 때 나를 조절할 수 있는 글귀를 새겨 넣어라 또한 그 글귀가 내가 절망에서 허우적거릴 때에도 나를 이끌어낼 수 있어야 하느니라"

명을 받은 세공인은 매우 아름다운 반지 하나를 정성을 다해 만들었으나 마땅한 글귀가 생각나지 않아 며칠을 고민 끝에 솔로몬왕자를 찾아가 도움을 청했습니다 솔로몬은 "이런 말을 써넣으세요 왕이 승리의 순간 이것을 보면 자만심이 가라앉게 될 것이요 그가 낙심 중에 보면 이내 표정이 밝아질 것입니다."

"이것 또한 곧 지나가리라"

무의도에서 류영환

* 유대 미드라시: 히브리어로 '해석' 또는 '연구'라는 뜻. 유대교에서 구전 전승으로 성서 본문을 해석하고 설명하는 성서연구 방법.

차 례

시인의 말

제1부

제1부

청솔 일획, 그 비상을 위하여
—세한도

내 안의 빈터에는 노송 한 그루 자라난다
달빛에 켜켜이 젖는 붉은 수피의 숨결
화선지 스며들면서 빠른 무상을 설한다

가납사니 참새 몇 마리 어디론가 사라지더니
누굴 위해 하늘은 지에밥을 지어놓는가
청출어람이라 그 소나무 내 손끝에 머문다

노을빛 사랑 공글리느라 파란 솔빛 머금고
내 안의 세한 이랑마다 쪽빛은 칼날 파도가 되어
천 개의 독필* 끝마다 청솔가지 팔팔 나부낀다

세사에 거듭나면서 큰 획을 그으며 다가오는
충절은 진리에 필수라 주장하는 잣나무여,
늘푸른 눈맞춤으로 청솔의 넋을 읽어보라

* 독필禿筆: 천 개의 벼루를 갈아 바닥을 내고 천 개의 붓이 닳도록 썼
  다는 추사의 글과 그림.

생명나무 십자가

발밑에 소복이 쌓이는 은행잎 무덤을 보며
상록수에는 없는 마음의 그 자비를 생각하면
걸어온 길을 지우는 것은 강물만이 아니라는 성찰

누구든지 제 안의 저를 다독이며 산다지만
가지에 떨켜로 날린 수많은 미혹놀이의 단풍잎
자연에 순응하는 생명나무의 십자가 변신이라

목숨 버려 부서져도 돋을별 새살로 다시 뜨는
하늘 아래 어느 떨켜인간*의 초록별이기에
그 누가 은행나무를 동방의 성자라 하는가

* 떨켜인간: 늦은 가을, 잎과 가지 사이에 생기는 특수세포의 분리층
을 떨켜라 하며 타인을 위해 자기 목숨까지 버리는 사람을 떨켜인간
이라 한다.

춤추는 봄

점점 뜨거워지는 가슴에 그리움을 되새기면서
애타게 기다리는데

조루증 환자인가 봄, 봄이 오는가 싶더니
벌써 여름, 더워라

한번 왔다 하면 잠깐 꽃망울 터뜨리고
잽싸게 달아나버리는 너

엘니뇨 현상 그 아닌가 폭염과 가뭄의
재앙에 우는 사람이 어찌 농민과 어민뿐이랴

꽃넋

해마다 봄이라는 좋은 계절 돌아오곤 한다
꽃포기는 새로 돋아 옛 정신을 되살리고
그 어디서 번뇌의 뿌리가 돌아왔을까
전생에 맺은 꽃나라 인연 아직 끝내지 못하네

봄은 몰래 노고지리 우짖는 하늘가로 스며들고
내 몸은 나비의 꿈속으로 변신, 땅에 내려오네
봄기운에 솟아오르는 아지랑이 아른아른
꽃망울 터지는 소리, 그 꽃넋 경 · 천 · 동 · 지!

마음

뼈는 철심을 박아 고칠 수 있고
핏줄은 우회 혈관에 이어 고친다

세상에서 고칠 수 없는
마음의 병은 어떻게 다스릴 건가

차오르는 그리움의 파도
스스로를 태우는 내면의 불길

상처 입고 떠나간 영혼을 회복시킬
병원은 어디 없을까, 사즉생이란

빗방울 봄 전주곡

유리창 뺨을 때리는 빗방울 속에 몰래몰래

숨바꼭질 태몽 같은 세상이 빛나는 순간

은연중 불기운이 화끈 정수리를 달군다

양파 껍질 되감기듯 얼룩덜룩 빗방울이

마음 안을 훑고 감아 그려내는 저 풍경화

어두운 삶의 그림자 꽃불로 불붙어 온다

이월은 절름발이인가

어느 어여쁜 꽃별의 걸음새인가
이월二月은 한쪽 다리가 짧은
절룩거리는 것은 성스러운
시간의 병 아닌 창조적 변수 아닌가

울긋불긋 노을빛 한입 베어 먹고 보니
누군가 낮 시간을 점점 늘려주어
원일초元日草의 샛노란 꽃망울이
언 땅을 뚫고 물방울로 맺힌다

간절히 피는가 하면 잽싸게 지고 마는
이월은 절름발이인가, 마음 멀어진
땅끝 마을 봄동밭 굽은 할매 등에
푸른살 살포시 돋아 승리로 살겠다

소금 은산
―소금시학·15/ 천국시학

'이 나이에 장래가 있기나 한 걸까'
고난을 암시하는 파랑에 정신줄 놓고 돌아온다

인간 세상에 무엇을 위해 머물러 살아왔던가
세상 등짐지고 하나님 품 안에서 거듭난다니

깊이를 알 수 없는 무한 적막을 품어 안고
시를 흐놀다*가 그 필연을 누리고 산다

육신의 속성은 소금이라는 것인가
순간 진리의 소금 은산 하나 마음에 솟아오른다

시학도 육탈골립의 천국신학이 될까

* 흐놀다: 무엇인가를 몹시 그리면서 동경하다.

인간 사막
—소금시학·18/ 오아시스

뉘엿뉘엿 지는 해를 머금고 가는 노을
하늘 끝에 달랑 걸린 누구의 물방울 연작인가

언어의 집, 노릇노릇 시어로 집을 짓는데
뜨거우면서도 차가운 생명력 넘치는
달다운 별다운 집짓기는 왜 그리 어려운가

마음 고요에 익어가는 술처럼 시어와 맞바꿀
탁배기에 남도 삼합 가득, 한상의 집에
물방울의 생리로 빗방울 들이치면 어떠랴

코끝이 찡하고 가슴까지 알싸한 시의 맛과 멋
잘 익은 홍어의 언어에 삭힌내 조금 섞어
이울지 않는 장미 한 송이 생태시로 피우려니

물방울의 변죽이 아닌 고도의 상수로
오늘도 인간 사막을 오아시스인 양 산다

어두움을 살라먹고
—소금시학·19/ 평화

어두움을 다 살라먹고 달이 차더니
보름달 휘영청 토하는 숙성의 어진 생명

그 소금은 모태의 생명 사랑 아닌가
흐림수 없는 이웃 젖가슴에 스며들어

죽었나 하면 다시 솟아난다
저 소금꽃의 담백한 평화 평화를

향기의 성육신成肉身으로 살고 싶어라

시인, 그 나무는

1.
한 줄 시 속에 모든 꿈 묻고 떠나던 날
나무 기둥에 명찰 하나 초등학생처럼 달고
수목장 한 그루 나무로 남아 있고 싶다

강물 고요를 춤추게 하는 저 달빛 어린
서재 한 켠에 흰 책나무로 책꽂이 되어
친구들 데불고 제 몸 안에 갇혀 웃고 있다

2.
이윽고 다 자란 나무들끼리 맺은 맹세는
우리 모두 숲이 되어 시인의 마을에 살자
하늘문 열고 하늘과 소통하면서

3.
비로소, 그 침묵의 나무는 혼연일체로
늘푸른 낙락장송의 시인이 되고 마는 것

느보산에 오르다
—소금시학·35

서역으로 가는 비단길의 중화 서쪽 끝 보이는 것은
오로지 창처럼 날카롭고 상어 이빨처럼 무시무시한
예봉들 앞자락 뒤 안개 속에 도열한 잿빛 봉우리들
강바닥은 물 대신 소금 반석이 눈처럼 하얗다니
황량함도 극에 달하면 저토록 아름다울 수 있을까

인간의 오만과 불신을 탓하려는 신의 사자후인가
이 기묘한 비경에 삼장법사 현장도
손오공 저팔계와 사오정을 이끌고
천축天竺 가는 길 돌아서 구경한 요르단의 이곳은
젖과 꿀이 흐르는 약속의 땅 가나안이 코앞인데
모세가 사십 년 광야 생활 끝에 죽은 그곳

신의 지팡이로 인간이 지은 죄 깊이 회개하오니
창조의 손바닥 안 생명줄로 그 긴 숙죄宿罪의
봉운峰雲들을 꺾으시고 반석에서 샘물 내시어
가나안 복지 귀한 성에 목마른 자 마시게 하시고
나무와 숲의 희열을 보는 자마다 맛보게 하옵소서

생명체는 성채인가
—소금시학·38/ 물과 공기

물 한 컵 부어 넣고 양파를 키우다가
컵 바닥에 자라는 파란 물때를 본다
저렇게 맑은 물속에 때가 자라다니

고인 물은 누가 쉬이 썩는다 하는가
물은 제 몸 썩히면서 양파를 키우고
물때를 가라앉히는 때를 벌어 생명체가 된다

의식의 호흡에 샘물로 세운 그 생명체는
성채인가, 소금 기둥으로 하늘을 부양하는
바다의 물과 공기는 생명의 원천인가

바이오리듬
—소금시학·39

헐벗어 메말라가는 생명나무의 숙제는
지성과 감성에 잘 익은 열매로 거듭나는 것
세파에 굴곡진 자신을 바로 부양하면서

마음 다잡고 깨침의 등자 열매 익는 과정에
성숙한 영적 내공에 봄꽃 피울 바이오리듬*으로
의식의 바다에 누가 무의식의 소금을 굽는가

생체인식 스마트폰은 생태시학의 시가 아닌가
솟구치는 이타적 기능 그 내장의 생명력으로
바위를 깎고 갈아 만든 거울에 각인하고서야

자신을 반추하며 살고 쓰기를 다짐하면서
이 시대의 곡비로 환경의 자생력을 위하여
자연의 회복통인가 생태계를 쓴다니까

* 바이오리듬Biorhythm: 사람의 생명 활동에서 신체, 감성, 지성 등에
  주기적으로 나타나는 현상, 생체리듬.

제2부

달빛 판타지

한밤중 공원 벤치에 앉아 하늘 바라본다
어둠에 시름겨운 달은 어디 갔나 했는데

때마침 달 품은 구름바다 헤엄쳐오고 있으니
홀연히 비거스렁이에 별을 따는 소망으로

몸에 교교한 달빛나무 칭칭 둘러 변신하고 싶다
초승달에서 반달로, 보름달에서 다시 그믐달로

느닷없이 흘러오는 지혜의 달빛이 되어
아팠던 추억들 솔바람으로 말갛게 씻어내고

그리운 시간들 꽃무늬로 한 가닥씩 풀어내면서
그 품안 불로장생의 해로 깨어날까 보다

역지사지

고속도로 입구 통행권 자동발급기 속에
웬 누렁이 한 마리 더위에 헐떡인다
열 받아 헛바닥 쑤~욱 늘어뜨리고

목구멍 다 들여다보이도록 숨결만 가쁘다
가야 할 하늘길 이제 막 시작, 그 끝은 요원한데
그 개가 꼬리를 사리고 "날 잡아잡수~" 하니

차창 밖 갑작스레 쏟아지는 장대 빗발에
저 청지기의 살신성인 밝은 빛 발하니
그 누가 역지사지로 인과응보 할 수 있을까

이민선(1962)
―소금시학 · 40

뱃고동 소리에 일렁이는 선창가에는 홀로
하늘 향한 미지로의 고갯짓 아랑곳없이
붉게 물드는 눈언저리 감출 길 없어라

어제와 다른 각자의 오늘은 내일의 희망
객실 커튼 치고 고향 산천 되새길라치면
어디선가 들려오는 구성진 노랫소리

고해성사에 커튼 걷고 따라 부르다가
행여 누군가 훌쩍이기 시작하면 울고불고
위로 품앗이로 울음바다 한 뱃속 동기들

소금기 마를 날 없는 55일 뱃길이 끝나는 곳
우연이 가까스로 필연이고 운명이 되어온
여기가 어드메인가 벌써 아끼 브라지우*

* Aqui Brasil: 브라질어, '여기가 브라질이다'.

여름 칸타타

상처가 깊을수록 화려한 사랑이랄까
이 한여름만이라도 서로 사랑하면서
여름살 섞으면서 부자로 살자꾸나

당신과 나 사이에 언제 한 번 진정으로
뜨겁게 살아본 적 있는가
텅 비워둔 하늘 아래 홀로 흔들리는 나

뼛속까지 차오르는 가슴속 빙산은
어느 누구의 염치없는 발원인가
염천에 여린 생명들 익는 것도 한철인데

이 여름밤 잔치 포장마저 거두고 나면
층암절벽 끝에 허전히 바람맞고 있을
너 혼자 가난한 가을, 어떻게 살려고

업고業苦

자신의 의지로 몸만 집 안에 산다
소설가는 소설, 화가는 그림
가수는 노래로 나름의 집을 짓고
서로 결합하면 세계를 이룩한다

원하지 않는다고 각자 집이 없겠는가
집은 자기 이름 뒤의 괄호 안에
써넣는다기에, 예로 소설가小說家
사람은 감사하게도 하늘집 짓고 산다

불난 집에서 나가라

잠시 물방울에 잠긴 형체의 떠돌이로 왔다 갈
육신은 온갖 욕망의 심지에 불붙이며
어느 것 하나 남김없이 태워버리려 든다
눈은 자신을 깊이 들여다보지 못하고
귀 또한 자기 내면의 소리를 맑게 듣지 못하니
마음의 집에서 시작된 탐욕의 불씨는
꽃을 보면 꽃에 잠들고 싶고 바람이 불면
그 바람 따라 훨훨 날아가고 싶어라
눈 코 귀 혀 몸의 화구로 옮겨붙어 활활 타는
온갖 병리현상들만 담쟁이넝쿨처럼 세상을 뒤덮는다
먼저 자신의 가슴에 못질하는 마음의 불을 지고
밖으로 향하는 화구를 자신의 내면으로 되돌림으로써
탐내고 어리석고 성내는 삼독을 내려놓으라 하신다
자유와 해탈을 온몸으로 깨달아
중독과 탐닉과 집착의 미망을 마음에서 몰아내는
불난 집 벗어나거라, 벗어나라 말씀하신다 하니

허상

얼굴에 수염처럼 손가락이 붙어 있고
광대뼈는 유방처럼 볼록하다

위쪽으로 우듬지는 남근이 되어 솟아 있고
이마의 블랙홀 질 속으로 스며들며

눈은 생뚱맞게 뒤통수에 붙었으니
이 모든 행위는 순전히 조각가의 마음 허공

조각 작품은 인생의 픽션일 뿐
가공한 민사랑 거울 뒤에 세워진 허상

하늘이 나들이 가시고

죽어 영원이란 하늘나라에 간다는 것
그 영원을 돈으로 따지면
값이 없는 0원이라는데

그러기에 저승 가는 수의에는
호주머니를 만들지 않는 것
전입신고 없이 빈손만 허용하는 곳

하늘이 어디론가 나들이 가시고 안 계셔
소유가 유예된다 하더라도, 죽거나 살거나
태양이 여전히 밤낮을 키우는 한

억겁 적요의 나래여! 어둠의 빛이여!
시공을 초월한 우주의 배꼽은사에
너희들 세세손손에 깨어 있으라 한다

이 강산 낙화유수
—소금시학·41

갓 잡아 올린 오징어와 놀래미 한 접시에
진눈깨비 흩날리는 주문진 바다가 출렁인다
먹물은 정갈히 받아두었다가 집으로 가져가서
황홀하게 그대가 그리운 어느 날 밤 달빛에
'오래 먹먹토록 먹을 갈아 시를 쓰리라'

그 옛날 흑산도에서 정약전의 자산어보처럼
그 글말들 오래되면 희미하게 지워지나
바닷물에 다시 담그면 먹빛으로 되살아나서
그대로 원상복구된다지 않는가
빙산의 심경에 이르러 은자의 한을 다 수장하면

여적 같은 시혼만 불새로 날아올라서
통천하 회오리 바람결에 불끈하는 새싹은
낙락장송으로 와유강산臥遊江山 붓끝에 찍히리니
까치노을 결 따라 은빛 꽃잎 띄우는 먼바다에
어엿이 초록별 하나 떠올라 독야청청하리

요세미티 폭포에서

넋 잃은 얼굴 하나 허공에 떠올라 기웃댄다
등짐 진 삶의 무게로 번갈증을 느낄 때
마음은 구석으로, 산은 하늘가로 모습 가리고

산산이 부서진 마음의 행로 찾아 떠난다면
한밤중 태초의 달빛 비치는 원시림 속, 마음 없이
몇만 년을 하얗게 웃고 있는 저~ 직소폭포!

바람과 세월 칼날에 깎여온 저~ 강철 절벽을 보라
한세상 초록생명의 믿음/소망/사랑으로 살면서
어찌 저리 맑고 힘차게 깊을 수 있을까

옥수담에 들어앉은 보름달 마님을 보고는
하늘이 마음문 열고 생명수를 저리 퍼붓는 한
험하고 멀다고 해서, 살아 못 갈 길이 없겠구나

별똥별·2

달 밝은 은하수 따라 지상 어디론가
황망히 내리꽂히는 별똥별 하나

탁발도 소신공양도 하지 못하니
하찮은 돌덩이가 되고 마는 것을

저 하늘 초롱초롱한 아기별들
사리가 아닌 것 다 알면서도

저리도 해맑은 웃음 웃고 있는 것을

변하지 않는 것 어디 있을까

초승달에서 반달로, 보름달로
다시 그믐달로

세상에 없는 생명의 길로
어둠에서 다시 충만한 삶으로

보름달은 계수나무 생명체인가

태초로부터 쪽빛 하늘에
낮달은 구름에 꿈을 심고서

생명은 달빛 눈결에 꽃 피운다

조장鳥葬, 그 차마고도에

차마고도는 수도자의 하늘 구멍인가
정수리에 숨겨진 번갈증만 커진다
사바 속세로 가슴 가득 번뇌 차오를 때
불새의 통로가 된 거기, 멀고도 험한 고행길
한 몸 한 몸 다가서는 오체투지, 일보일배로
화두에 비밀을 간직한 하늘 경전인 것
산자락 길섶엔 이역의 순교자들도 있어
고통 없는 주검을 크고 작은 새들이
웰빙 밥상처럼 배불리 쪼아 먹고 남은 뼈
지난날 어느 누구의 간절한 발원이기에
영원에 영혼의 점 하나 찍는 의식 그 의식은
지금껏 티베트의 차마고도 무위자연에
경건한 잔뼈 연단의 너스레를 놓고 싶은가
보이지 않는 속꽃에 만다라 혼불을 밝혀
하득한 하늘 열반꽃 송이송이 내려준다

제3부

평화를 위하여

죽을 때에야 비로소 감옥에서 나온다는 닭
그 닭은 평생을 배합사료로만 산다
탈출을 꾀하다 꿈의 날개마저 축 늘어진
노력도 무위로 사람이 만든 낮과 밤에 따라
광기 같은 화禍가 빚은 알만 낳고 또 낳는다

어느 날 식탁에 계륵으로 올려져도
그 살은 허벅허벅해 사람 몸에 화를 벌컥 되돌린다
이렇듯 곰삭인 닭갈비를 뜯으며
너 나 할 것 없이 화만 낳다가 죽고 다시 살아
새와 고기와 개미의 밥이 되어 떠난다

끝없는 불화不和의 대물림 속에서 다시 태어나도
전쟁은 끝이 없다니, 화합과 평화를 위해
싱싱한 호흡의 자연 그대로 살다 오를 하늘에서도
십자가로 풀면 모두가 풀린다니
급기야 화의 매듭을 제발 지상에서 풀라 한다

낙화

엎치락뒤치락 고목의 알몸 몸부림에
결 고르는 햇살 허무를 더듬는다

찰수록 비어만 가는 이 가을의 끝자락에서
정신은 헌 핏줄만 걸친 남루가 된다

정적은 끝물 낙화로 기어이 떨어져 가는데
얼마나 더 깊어져야 다시 살아나려는가

어슬녘엔 자신을 놓치고 떠나간다
지척에 달동네 달빛 벌써 질척이는데

바람꽃

마음 가다듬고 옷깃 여민다 하더니
돌멩이에 숨결을 심는 하늘바람꽃
하얀 돌짝 틈에 우슬초로 피어난다

불모의 땅에 그리움 수놓으면서
울다 보면 웃고 웃다 보면 다시 우는 은유
샤론의 등신꽃인가 신의 한 수란 것

세월의 이녁

함께할 하늘 터전을 잃고 나서 떠난 너를
거꾸로 매달아 놓은 회심의 눈물방울로
여름밤을 수놓는 반딧불이의 군무를 본다

별무리 나무의 목숨 건 허기로 반짝인다
나무살에 바람옷 입혀 숨통을 트는
호연지기에 죄다 들 수 있을까 하여

목이 길어 안타까이 목이 마른 짐승으로
한세상 살다 보면 그다지도 하릴없는
사슴, 넋을 잃고 먼 하늘 눈물 글썽인다

가시채 뒷발질하느라 바빴던 세월의 이녁
빛과 사슴의 성근 풀밭에 모든 정서 쟁이며
향기의 비색翡色 시타델 한 칸 짓고 싶다

유통기한

앙가슴 열고 생명을 이어준 젖줄기라
하지만 때 잃어 곰삭은 플러스 우유는
기다림에 지쳐 속이 몹시 상했는가 보다

때아닌 늦더위에 부글부글 끓어오른다
며칠째 어디 가고 없는 주인의 눈에
별이 되어 반짝일 우유의 뼈를 생각한다

팩 우유는 낙엽 타는 공원의 분수인가
차오르는 가슴에 눈물비가 되어가더니
말라가는 풀뿌리들 하얗게 적시는구나

그 별이 다시 우유가 될 때까지의 시간
무르익는 그 가없는 소망으로 인해
사랑의 유통기한은 유효한 것이라니

타이어는 굴러야 타이어지

길 위의 모체를 이동하는 속도의 근원인가
길바닥에 제 속의 바람 풍차를 굴리면서
몸 깊이 상흔을 견디며 돌진하는
저 둥근 속도의 힘을 보아라
갈 길 멀수록 더 빈 마음으로 속을 채운
한 떼의 검은 노예, 형제자매들이
한 생애의 여정을 끌고 간다
헛돌면서 질주하는 흑인영가에
허공들이 금빛 날개를 달고 선도하면서
저무는 광복동 사거리까지의 도형을 굴러간다
눈에 불을 켜고 몸 닳고 닳아 상처로 혼불 날
검은 육신에 고무 타는 냄새를 풍기는데
갈증으로 가슴 탄 숨결에 샘물의 생기를 불어넣는
한 하늘, 그 거룩한 집에 기어오를, 어디
사닥다리 영원의 길이라도 내고서야
비로소 타이어라는 스스로를 완성하는 걸까

동조同調는 힘을 키운다

어둔 밤을 수놓는 수천 마리의 반딧불이
서로 주고받는 공감으로 소통하면서
다른 동료의 빛을 감지해, 자신을 맞추는
경쟁적 발광은 암컷을 유혹하기 위한 것이라
사람을 매료시키는 역동적 힘이 있다

감격적인 음악회나 축구장에서도
처음의 무질서한 박수 소리가
어느 순간 호흡 또한 같아져 크게 규칙적으로
탄성과 박수를 이끌어내는 동력이 됨에
사람을 감동시킨다

한두 바가지 마중물은
동조의 힘으로 열 길도 넘는 우물 속에서
수십 톤의 물을 펌핑해 자아올린다는데
헌신의 초개 같은 동조로 언제
내 한 몸 마중물 되어, 생명 생수가 될까

눈먼 황소

높은 산 비로암에 한사코 올라
공손히 스님께 합장하고 미소 짓는다
"무슨 일이요?"
"그냥 들러 한 말씀 듣고 싶어서요"
퇴수 그릇 다 씻고 지대방으로 들어가면서
"귀한 손님이 와 있으니 나중에 다시 와"
웬 눈먼 황소가 절집에서 여물만 축내고 있군
그런데 왜 다짜고짜 화두부터 놓고 보는가
그것도 지혜의 빛살부처로 나투신
비로자나 불전에서 말이야
얼바람에 미쳐 헤픈 여인의 뱃속에서
불현듯 길 잃은 아기의 울음소리 들려 나오니
오~ 맙소사!
먼저 온 마음, 썩지 않을 생명의 말씀에
순간 솟대 기러기가 뜬다
이 눈먼 황소 바로 너, 나 가엾구나

나무를 키워본 사람만이 안다

거친 바람에도 나무는 소리를 내지 않는다
양지녘에 가지는 튼실하게 자라
열매를 위해 견고한 중심을 세우면서
그러나 음지에 가지는 가늘고 길게 웃자라서
주변의 한쪽만 키우기에 아우성이다
웃자란 가지는 눈물의 깊이를 알기는커녕
애체처럼 연약해서 바람에 부러지고 베이기도 한다
시답잖게 웃자란 너와 나의 목숨도
위험한 세상 밖으로 뻗어 있으니
찰나의 감정으로 오랜 인연을 해하려는가
꺾꽂이*로 옷 벗고 휘어지고 싶은
이 불면의 여름밤, 다음 생을 모색하면서
땅속 안착을 위해 휘어지는 뿌리의 안간힘이여
누군가 허리를 잘라줄 이는 태양을 품어
여백에 빗살무늬로 값진 수채화를 그린다

* 꺾꽂이: 산나무의 가지를 휘어 가운데 부분을 땅에 묻고 묻힌 부분에
서 뿌리가 나면 원가지 쪽을 잘라 새 그루를 얻는 번식법. '휘묻이'라고
도 한다.

청산의 뮤즈

저녁노을에 홀로 앉아 무얼 그리도 골몰인가
까닭 없는 고난이 안타까워 못 견디겠다네

달빛에 마음 고요 깊어가면 천고의 꿈에 들고
꽃 피어도 지고 나면 남은 해 수심에 젖는다

세상 풍파 번뇌로 몸은 자유롭지 못하는가
오늘이 날 등지고 벌써 훌쩍 떠나간다니

흐르는 물은 돌고 돌아서 하늘 위로부터
그리는 청산의 뮤즈 길이 노마드의 등불 될까

불구하고

여기가 어디기에 돌아가라 하는가
가만! 저 사람이 누구이기에 졸라대는가
돌아가지 않으면 안 된다 하는가
나만 돌고 돌아서 진정 어디로 가란 말인가

지금껏 그 많은 세상 풍파의 U턴 표시들로
삶의 터널을 굽이굽이 돌아 나왔는데, 이제는
천국 가는 길로 힘겹게 돌아 나와 직진하며
오로지 자비심만 호소했을 뿐인데

삯꾼의 시험에도 불구하고, 오늘 비로소
사탄의 길로 안내하는 U턴 표시에서도
핸드폰 울림 때맞춘 소명에 사람이 보인다
진리에 유토피아로 직행하는 그 순례자!

누구의 재앙인가
— 소금시학·42

해 저문 강릉 식당 앞마당에 짚으로 동여맨
수도꼭지에서 물이 졸졸 떨어져 내리고 있다
아침햇살을 머금은 은빛 윤슬의 잔잔한 속삭임
그 밀어들이 간간히 걸러지는 것이 보인다
찬 겨울에 노출된 수도꼭지는 고장이 아니라
사유의 동파를 염려해 바람을 동여맨 것일 뿐
죽지 않을 시의 내비게이션(경전)을 찾아서
사유四有*를 자유로 넘나드는 시인을 본다
흘러내리는 물에도 사유思惟가 있음을
미미한 온기도 생태시의 체온이라는 것을
문득 깨달아 아는 순간, 강릉 앞바다에
출현한 이상 어족들 그넛 근심스레 통회한다
엘니뇨 현상에 수온 상승은 누구의 재앙인가
어쩌나 저쩌나 간에 자연은 인간의 어머니!

* 사유四有: 불교에서 중생이 나서 죽고 다시 태어날 때까지 1기를 넷으
로 나눈 것. 곧 생유生有, 본유本有, 사유死有, 중유中有를 이르는 말.

정금精金 고요

슬픔을 풀어내어 기쁨을 만들어내고
미움을 벼려 햇빛사랑을 자아올리는
하늘 아래 머리 둔 자들의 축복 아닌가

하늘 끝에 나앉은 부처가 어둠 속을
홀연히 달려간 그곳은 적멸보궁인데
무릇 부처의 몸 정금고요로 반짝이다

허기에 한입 베어 물면 사각사각 맛있는
고요! 그 깊은 깨달음이 몸속에 고이면
눈부신 사리舍利가 된다 하지 않는가

꽃이별
―우음도牛音島에서

1.

앞다투어 내일에 피어날 작약과 모란꽃
오늘 이 순간에만 보는 꽃은 아닐지니

덧없이 피고 지는 꽃잎 탓하지도 찬미하지도
나른한 햇살에 기대어 졸지도 않으리라

2.

그렇게 얹혀사는 더부살이가 짜증나는가
지금 우음도엔 먼저 꽃 피어나기 전에

망개가 연초록 열매 앞세워 피어난다 하니
성마른 허공의 젖가슴 탱탱 부어오른다

만추晚秋

망명의 가랑잎 떼로
보이지 않는 오늘을 헤매고 있습니다

망망천지
세상 모든 그리움들 죽은 듯 살아 있는 곳

내 벗은 몸이 광야에 뒹굴고 있습니다

제4부

돌아오지 못한 편지

꽃이 졌다고 보내온 친구의 편지가 애석한 것은
꽃 진 자리에 열매가 맺히기 전이었다
바람이 휩쓸고 간 꽃자리에 흔적이 가려워 서 있는
영적 존재는 무엇을 위한 기다림이었는가
기다림이란 견딜 만큼 견딘 상처, 그 상처들이
나름의 고통으로 허공에 목마름의 바람 안고
퍼내어도 퍼내어도 남는 무심한 시간 속에
아름다운 꽃 한 송이 풀치지 못한 그가, 어느 별과
눈 맞아 구원의 녹색 모스부호를 날려 보내고 있는가
자신을 열어놓은 꽃길에서 자신을 지울 수밖에 없는
꽃 진 자리마다 까맣게 제 속을 살라먹는 등불로도
친구여, 인내의 실한 열매 하나 맺고 익혀본 적 있는가
꽃이 졌다고 보내온 편지에 답장을 쓴 곳은
둥근 세월의 들녘, 삶의 향기 그지없는 별천지
생전에 미리 누릴 수도 있는 천국
그 천국의 시간이 멈춘 곳은
기적의 카이로스*에 영원한 현재의 선물일 터

* 카이로스: 세상에 임하는 하나님의 시간.

그리운 자작나무

중부대학교 가는 길, 눈은 오지 않았는데
숲은 어디 두고, 실오라기 하나 없이
가로등에 행렬 지어 길을 여는가

가슴에 성호를 긋는 저 힘의 노예들이
뿌리에 온 생명을 내려보내
부활의 시간을 꿈꾸고 있는 것일까

마음속 깊이 그리는 본향으로 인도하고픈
생명 사랑의 호흡으로 타오르는 불빛
낮은 땅끝 여백에 하늘 길만 새기는데

들숨 속에 들어온 어스름 달빛은
겨울보다 잔혹한 어둠에서 달구어온
소망에 찬란한 황금 날개를 달아준다 하니

나그네

어디서 와서 어디로 가는가를 모르니
오가는 길인들 어찌 알 수 있으랴

보헤미안인가 삶의 이치마저 모른다니
운명의 나그네 순례자의 황톳길에 선다

세상살이 외롭고 고달파 뜨악한 기분인데
진리는 속세에서 구원으로 드러나는가

은연하게 들려오는 저 천연의 음성에
밝은 달밤 숲 속 미사에 구름으로 떠오른다

눈먼 인생길 갈등 없이 빛발은 밝혀줄까
음성인식 스마트폰 들고 아픈 나를 읽는다

세상을 뒤집어보고 바르게 살라 한다

이슬방울 해탈

생각 한 가닥 꼬리 물고 마음 부드럽게 번져
나가더니 어느덧 모여 한줄기를 이룬다
서로 달라도 흘겨보지 않고 서로 겹쳐도
밀어내지 않는 이슬방울, 함께 통하고 서로 나누는
꽃밭에서 친구여, 하늘 볼기짝 열고 쉬~ 하려느냐

탐욕과 집착의 굴레에서 벗어나 사랑도
번뇌할 마음도 없는 그곳, 계룡산 갑사 대적전
근처에 있는 성근 하늘 사이 대숲 터널 너머에
해탈이 보인다 하니, 또한 친구여
다음 세상은 해탈? 해찰?을 할 텐가

어상반, 어상반 셈법으로
자네도 풀잎 이슬로 증발되어가고 있는데

가람에 저 달은

마음결 먹구름이 세상과 하늘을 뒤덮고 있다
항아리 물에 잠긴 아픈 세월의 앙금도
온몸을 폭풍우로 한번 뒤집어야 풀리는데

온갖 일에 상처받고 토라진 등뼈들
뜨거운 침묵의 흐름에도 마디가 있었던가
응어리진 시간들 체념하지 못한다

황사까지 가세하여 희뿌연해진 구름 장막은
천지간에 씁쓸한 샌드위치 신세가 아닌가
모순과 갈등은 염치없는 이 깊고 어둔 고요에

한 점 구름도 바람결에 제 숨통 트는데
가벼운 몸짓으로 자유로워진 저 달은
총총히 즈믄 강물에 별무늬를 수놓고 간다

하늘 시

한 소절의 서술도 더는 나아갈 나위 없어
비로소 가을인가, 벌써 너를 누가 저렇게
하늘 시詩로 맛깔나게 영글게 했는가
떠돌이별 주린 영혼의 지느러미 속
잔별들이 산호섬에 등불 밝힐 때, 울긋불긋
하늘은 생명의 소나타를 연주한다

빛의 파노라마! 그리움에 빈자貧者의 길 떠나려는가
창자 속까지 헤집고 다니는 치유의 빛, 그 마술을
안식의 수채화로 손짓하는 금과 은의 가을을
마음 깊고 맑은 샘물, 생명에 스며들기까지
천년 신비 화석에 새겨 넣고 오래도록 두고두고
하늘 시 만세반석의 화석에 비춰 보일까

탐욕의 블랙홀

난개발 중인 애환의 피맛골 저 건너편에는
해오리들이 노닐다 날아간다
수양버들 가지들 휘늘어진 하천 그 둔치에서
찌만 뚫어져라 쳐다보고 있는
한 낚시꾼의 탐닉 무슨 일로 그리 깊은가
땅거미 설핏하게 내리는 석양 녘에 기대어
어느 공장에서 흘러들어와 고이는지
맑은 물이 별안간 검은색이 되는 것을
새도 나무도 사람도 다 알지 못한다
돌연 변괴를 예고하는 무시한 회오리바람에
삼단 머리채 곧추세운 버들가지들만
솟대로 요동친다 경고한다
"그만 나가, 여긴 아니야. 네가 머물 곳은"
탐욕의 블랙홀에 자신을 숨기는 인간의
환경 파괴로 자초한 광우병은 천형 아닌가
황소의 눈망울에는 껍신거릴 죄 하나 없다

동심원同心圓, 그 빛은

자기를 내어주고 남다른 눈을 뜨게 하는
깊이를 알 수 없어 도저한 빛은
어두움을 묵상하는 바람 데불고 산다

삶의 무게로 등짐 진 빗살무늬 상처에
새살 돋게 치유하는 그 빛은
하늘의 사랑이라니 천기를 누설하는가

세상에 생명수로 거듭날 등뼈가 바로 서면
사망 권세에 발목 잡힌 당초 그 빛은
아득히 하늘 정원에 보름달로 떠오른다

까치 사랑

헐벗은 가지가지에 달랑 매달린 홍시 두엇
떨뜨리지 못하는 누구의 빨간 심장인가

폐가로 홀로 사는 초당 과부 쌈짓돈
꼬깃꼬깃 지폐 한 장 하늘하늘 나부끼더니

뜻밖에 늦둥이 외아들이라 그 따뜻한 심장은
우는가, 웃는가, 어디로 가야 할 등불인가

저 홍시 떨어지면 길손들 굶을지니
바람아, 눈발아, 새가슴에 못질만은 말아다오

초겨울 까치밥 사랑 그 이녁은
저다지 아름답구나, 정녕코 서럽고 애달파

폐광에 우담발라 피다

누가 생명선의 전류를 맵차게 끊었는가
폐광의 전주에 달랑 매달린 애자 하나
정처 없이 구천을 떠도는 어느 인연에
천년 고목 느티가 도인이 되었는가
잃어버린 정념들 주렁주렁 달고 산다
삭아내리는 함석지붕 사이로 해무리 걸리고
새순 돋을 즈음, 전동차 타고, 지공도사가
어둠의 갱도 따라 스스로 내려간 막장
그러나 아무 소식이 없다
녹슨 세월의 레일을 어루만지며, 공짜로
철광석의 광맥이라도 다시 점지했는가
천공天空에 울려 퍼지는 가녀린 빛의 곡조에
우담화優曇華 한 송이 호젓이 피워놓고
니르바나에 들어갔는가
소쩍새 솥적솥적다 이 산 저 산 울고 간다

이윽고, 그 섬은
—소금시학·43

붉게 녹슨 세월 등피를 닦는다 저 닻은
헝클어진 삶 동여매지 못하고
삼단 머리채 드리운 어질한 이승에
삶의 어룽 밀물로 씻어낸다
혹시 태풍 일어 먹장 바다 뒤엎으면 어쩌나
난파선 조각 위의 아우성은
갈라진 머릿결 해초에 해조음 섞어
죽음 앞에 승리하는 날숨의 주술로
이랑 달빛 고요를 감싸 안는다
갈매기 선두로 뱃길 열리고
어부의 기쁨 뱃전에 깃발로 나부낄라치면
진흙 뻘에 박힌 닻을 올리리라
마지막 희망은 만선이 되어 귀천하는 것
이윽고 그 작은 섬이 밤하늘 별인 것을

바람은 알 터인데

정착할 곳이라고는 콘크리트 바닥뿐인데
웬 눈발인가 했더니 오월에 녹아 질척한
대지의 자궁은 어디 두고
인왕산 기슭의 밤손님 되었는지
옆지기와 한 몸속 삼매경에 이를 무렵
꽃가루가 떼거지로 몰려 들어와
코끝을 간질이며 정사를 도둑질하는가
남의 밭에 씨 뿌리겠다는 수꽃의 작심인가
상생을 위한 열정의 표출인가
질투도 정열도 누에에겐 비단이 되지만
뱀에겐 독이 된다는 것, 바람은 알 터인데

눈 덮인 폐가에서

산 너머 외딴 폐가에 찬바람 들이치고
빈 뜰엔 흰 눈만 소복소복 내려 쌓였다

깨어 있는 홀로 마음의 나, 저 등불 같아
이 한밤 더불어 재가 되어가는 것을

순백의 상여 타고 어드메로 가셨는가
흐느낀 눈물도 말라 씨앗이 되었겠네

제5부

외눈박이 새

외날개 외눈박이 새는
둘이 한 몸이 되어야
온전히 날 수 있고, 볼 수 있다
비상을 위해
중심을 위해 암수의
이렇게 아름다운 일체를 본 적이 있는가

죽어도 외톨박이가 싫어
혼자 있으면 금방 들켜버리는
평생을 한 몸 이뤄 사는 비익조가 되어
꺼지지 않는 불꽃 심지
하나의 생 자체로 사랑하고 싶다
남과 북 민족 통일로……

거룩한 바보
—김수환 추기경의 선종에 부쳐

1.

어둠이 왕 노릇하는 세상을 깨닫고 보니
서녘 하늘 꽃 진 자리에 향기 더욱 짙어라

이웃은 나를 비춰보는 나의 거울이라던가
서로가 서로에게 밥이 되어주는 거룩한 바보일 터

2.

이젠 한 하늘에 올라 양날의 화염검火焰劍 되고 보니
성자의 해맑은 웃음은 온새미로 슬픈 기쁨이 된다

죽은 땅을 갈아엎어 곰살궂은 사랑으로, 다시
라일락 피우는 생명 그 나무 참 아득하다

화중련火中蓮

아침에 꽃망울 화두 하나 던졌는데
점심에도 꽃잎 화두 하나 또 떨뜨린다

옜다! 내친김에 법정의 화중련 무소유라
저녁에 만두소 사리 꽃망울 화두마저 던진다

이럴 수, 이럴 수가
이리 좋은 걸, 배고픔이 정적 삼매에 드는데

비우고 버릴수록 채워지는
수정 맑은 생명, 생명의 눈물방울이여

기뻐하라 생명으로 살아 있음을
별에게 시라는 것은 이타주의인 것

손수건

천태의 미소로 모나리자가
일회용 화장지 상표가 된 지 오래지만
노스탤지어를 느끼게 하는 손수건, 이 천은
나의 슬픔과 고통을 씻어내 주고
번뇌와 욕망을 닦아낸다
그러다 제 몸이 더러워지면
향기 나는 비누로 깨끗이 씻기고 표백되어
적막강산에 순결한 천으로 되돌아와서
이웃 사람의 비탄과 절망의
땀과 눈물을 닦아낸다, 하여
테레사 수녀의 생애 같은 이 천은
주어진 것이라고는 단 한 날의 오늘을
시계꽃처럼 헌신의 사랑으로 살아
내일의 아름다운 영혼과 행복한 미소의
효과로 마더 테레사, 홀로 성녀聖女다

자유, 그 비둘기
—착시현상·9

새벽빛 시퍼런 현관 유리문 깨고서
뇌진탕 영혼을 날려 보냈는가

여명에 심신을 몽땅 빼앗기고도
비둘기 시신은 마냥 신새벽 빛이다

삶의 지긋지긋한 먹이사슬을 벗어나야
산비둘기 신의 체온에 다가설 수 있었을까

하늘 한가운데서 깜빡깜빡 조우는 새벽별들
여린 사랑 그 마음의 착시 현상으로

동트기 전 모든 육체에 어둠을 숨기나 보다
비둘기 죽어 비로소 행복하다는구나

폭설 내리는 날에
—소금시학·28

인왕仁王의 정상에 하늘 폭설 쌓인다
시나브로 지워져 가는 천지의 경계
설국인가 신神의 나라인가

천국길 결빙을 막기 위해
산정에 소금 뿌리는 사람은 누구일까
자신의 절대고독에 거룩해지고 싶다

모나리자의 미소

마음이 몸을 버릴 때까지
백 년 안 되는 인생이건만
골수 다 녹아 없어질 때까지
걱정 근심만 하는 사람들아

별나라 멀리 씨뿌리는 사람도 있다는데
삶과 죽음을 넘나들면서
마음까지 내려놓고, 초연한
저 모나리자의 미소를 보아라

천년을 살아도 변함없이 신실한
초롱초롱한 아기별 하나마저
지상에 던져놓은 저 하늘마음
그 누가 있어 알아볼 것인가

얼음꽃

냉혹한 운명의 계절에 얼음으로 맞선다
오염되지 않는 결빙의 아픔만으로
내 안의 자연에 빚어낸 시라는 결정체!

비탄에 젖기보다 진리의 황홀경에 들어
황폐한 절망의 풍경을 이기게, 서러운
겨울로 피어나는 인동초, 얼음꽃 비롯한다

황무지의 부재는 창조의 근원인가
아득한 대속의 사랑과 나눔 모두어 사는
살그미 봄을 수놓는 자연 생명꽃 피운다

어머니

1.
북한산과 인왕산을 잇는 계곡 언저리에
가진 것 다 내려주고 서 있는 감나무 한 그루

까치밥 붉은 등불 켜 들고 오리무중, 오지 않는
까치들 기다리다 목이 메어 하늘만 이고 서 있더니

2.
첫눈 하얗게 쌓인 어느 날 아침
하늘 볼기짝과 눈 맞춤 한통속인 순백의 나라로

흰 눈 일색 자연의 원근화법에 의한
북한산 봉우리 가까이 내려와 자식 다 고아로 두고

어머니 괴로움까지 품고 가셨습니다

수태고지·2

뭉게구름 사이로 제 몸 거꾸로 세운
태초의 항성 하나

무한의 천상에
솔밭을 놓고 씨알 하나 떨뜨리더니

지상의 사람꽃, 마리아 몸이 떠오른다
예수, 그 예수를 잉태 중인

천사, 가브리엘의 수태고지로
성 마리아는 성자 예수의 어머니라니

대속의 십자가로 부활 승천하신 주 예수,
아뿔싸, 천부는 천기天機인가 봐

사잇돌 사랑
—소금시학·44

그대 몸을 찢어 떡으로 떼어 달라
하지 않고 피를 포도주로
마시게 달라고도 하지 않으리

하지만 그대에게 바라는 것 그것은
그대가 살아 있는 바로 그 자리에서
이웃에 작은 사잇돌 곁을 내어주는 것

기쁘고 즐거운 마음으로 모두가
밥이 되고 사랑이 되어주는 것
천국에 소금의 미학 다짐하면서

메꽃

1.
어느 별에서 귀양 온 꽃이던가
제 몸 헌신하여
밤빛 다 밝혀주고 남은 그루터기에
어린 나이테를 풀어낸다

누구의 깊은 잠을 깨우기라도 하려는가

2.
어느 허공의 벼랑이던가, 거기에
눌러앉아 나이테 되감으며 시작한 그 세상
그곳은 허방에 박힌 나무 화석

아름드리 운석 하나, 볼품없는 바윗돌뿐인데
세월에 풍화되어 터진 그 허리춤을
외로 감아 피어오르는 너 연분홍
메꽃이여

눈물 가득 꽃이 된 찬연한 아픔으로

들볶인 겨레 숨소리 삼각산도 목놓아 운다

오늘에 기대어
—사순절

하늘에 떠 있는 구름 한 조각

깨닫지 못하고 구름결에
목숨 걸고 다투며 살고 있지만

염치없는 아침이 오면 하릴없이
도로 말짱 일장춘몽이 되리니

이젠 나 생수로 새벽을 깨우고 나서
꽃넋에 빛으로 열매 맺고 익어가

오늘은 부활생명탑 세우리라

해 설

생명과 신성의 결속으로 번져가는 서정의 궁극
—류영환의 시

유성호(문학평론가, 한양대 국문과 교수)

1. 류영환 시학의 궁극성

합리적 이성이나 의식이 인간의 사유와 행위를 궁극적으로 규율한다는 생각과, 낭만적 충동이나 무의식이 그 역할을 한다는 생각은, 끊임없이 평행선을 그으면서 상보적으로 전개되어왔다. 특별히 근대 이후, 이성과 충동 혹은 의식과 무의식이 끝없이 교차하면서 인간 행동을 관할한다는 견해가 일반화된 후로부터, 우리는 표층과 심층, 빛과 어둠, 현상과 본질, 문면文面과 행간을 함께 읽어내야만 인간 존재를 전체적으로 이해할 수 있다는 사실을 이의 없이 자연스럽게 받아들이게 되었다. 그래서 우리는 한 편의 서정시에서도 기쁨 뒤에 피어나는 절망의 심연을 느끼게 되었

고, 비극성 너머 있는 초월 의지를 놓치지 않으려는 독법讀
法을 지속해왔던 것이다. 이러한 긴장된 이중 독법을 한 편
의 서정시에서 완성해내는 것 또한 근대 독자들이 짊어져
야 했던 자기 모순적 작업이었던 셈이다. 우리가 흔히 읽
게 될 류영환 시인의 작품 안에는 이렇듯 이질적인 정서적,
인지적 형질이 자연스럽게 얽혀 있다. 이때 그의 시편에 나
타나는 비극성은 희망의 반대편에 있는 것이 아니라, 현실
의 이치를 투시함으로써 그 현실과 친화하려는 욕망의 한
부분으로 몸을 바꾼다. 마찬가지로 낭만적 초월 의지 또한
현실 도피의 산물이 아니라, 그 나름으로 현실을 극복하고
대안적 기대지평을 암시하려는 상상적 고투로 읽히게 되
는 것이다.

　류영환 시인이 새롭게 펴내는 여덟 번째 시집『바이오리
듬』(천년의시작, 2017)은, 이러한 시인의 비극성과 희망, 초월
의지와 현실 극복의 의미망을 함께 구현하고 있는 심미적
화폭이자, 시인의 생애에서 볼 때도 어떤 결절結節을 향하
여 형상성과 고백성의 심도를 더해간 미학적 성취라고 할
수 있다. 여기서 우리가 분명하게 확인하는 것은, 류영환
시편의 정체성이 고전적 사물 해석과 표현 기법의 결합을
통해 일정한 지속성과 갱신 가능성을 동시에 충족하고 있
다는 점일 터이다. 시인은 이러한 속성에 성찰의 깊이와 표
현의 새로움을 적극적으로 부가하면서, 합리적 이성으로
는 도무지 파악할 수 없는 삶의 심미적인 결들에 대해 섬세
하게 노래한다. 그 점에서 이번 시집은, 류영환 시학의 궁

극성을 완성하는 자리이자, 새로운 출발을 정신적으로 암시하는 충실한 풍경을 이루고 있다 할 것이다. 이제 그 세계 안으로 천천히 한 걸음씩 들어가 보도록 하자.

2. 생명 현상에 대한 근원적 성찰

주지하듯, 우리가 사는 세상은 활력과 침묵의 일정한 순환 과정으로 이루어져 있다. 이러한 삶의 모순은 아폴론적 지향과 디오니소스적 욕망이 얽힌, 그럼으로써 혼돈의 역동성이 내재한 사물들로부터 비롯되는 것이다. 자연스럽게 시인의 상상력은 그러한 모순의 실재와 역동성에 깊이 주목한다. 그리고 시인은 모순의 축을 구성하고 있는 어느 한쪽으로 기울어가는 것을 택하지 않는다. 이러한 팽팽한 아이러니 정신이 시를 활력과 침묵에 동시에 빠지게 하고 또 어느 한쪽으로의 경사를 막아낸다. 류영환 시인은 그 활력과 침묵을 동시에 받아들이고 형상화함으로써 성찰의 속성을 점증漸增시켜 간다. 그 특유의 생명에 대한 성찰이 그러한 태도에서 발원한다. 아닌 게 아니라 우리의 삶이 지향과 지양의 변증법적 과정이라면, 그것은 곧 탐닉과 혐오를 넘어 자연스럽게 겸허한 성찰을 불러오게 된다. 류영환 시인이 수행하는 이러한 생명에 대한 성찰 과정은, 종교적 상상력의 외연을 띠기도 하면서, 삶의 근원에 대한 내적 제의祭儀의 과정으로 은유되기도 한다. 다음 시편을 먼저 읽어보자.

　　발밑에 소복이 쌓이는 은행잎 무덤을 보며
　　상록수에는 없는 마음의 그 자비를 생각하면
　　걸어온 길을 지우는 것은 강물만이 아니라는 성찰

　　누구든지 제 안의 저를 다독이며 산다지만
　　가지에 떨켜로 날린 수많은 미혹놀이의 단풍잎
　　자연에 순응하는 생명나무의 십자가 변신이라

　　목숨 버려 부서져도 돋을별 새살로 다시 뜨는
　　하늘 아래 어느 떨켜인간의 초록별이기에
　　그 누가 은행나무를 동방의 성자라 하는가
　　　　　　　　　　　　　　　　　―「생명나무 십자가」 전문

　　언뜻 종교적 상상력을 환기하는 제목의 이 시편은, 은행
나무와 상록수를 비교하면서 진정한 생명시학의 상징을 붙
들어보려는 시인의 열망을 담고 있다. 가령 "발밑에 소복
이 쌓이는 은행잎 무덤"은 사철 푸른 상록수에는 없는 마음
의 자비를 보여준다. 자신이 걸어온 길을 지워가면서 존재
가치를 드러내는 것은 '강물'만이 아니라는 성찰에 이르면
서, 시인은 자연에 순응해가는 "생명나무의 십자가"의 변신
이 보여주는 존재 의의를 따뜻하게 보살핀다. 목숨까지 버
려가면서 "돋을별 새살로 다시 뜨는" 존재자들의 생태를 바

라보는 시인은 궁극적으로 "하늘 아래 어느 떨켜인간의 초록별"을 상상한다. 늦가을에 잎과 가지 사이에 생기는 특수세포의 분리층을 '떨켜'라고 하고, 타인을 위해 목숨까지 버리는 사람을 '떨켜인간'이라고 비유한다는 점에서, 시인은 은행나무를 이러한 '성자'의 반열에 올려놓는 것이다. 그리고 '십자가'와 '성자'라는 종교적 키워드를 통해 가장 근원적인 생명의 성찰을 수행하고 있다. 그 안목과 능력에 의해 자연 사물이 가지는 "사람을 매료시키는 역동적 힘"(「동조同調는 힘을 키운다」)과 "새살 돋게 치유하는 그 빛"(「동심원同心圓, 그 빛은」)이 동시에 발견되고 있는 것이다. 다음 시편은 어떠한가.

헐벗어 메말라가는 생명나무의 숙제는
지성과 감성에 잘 익은 열매로 거듭나는 것
세파에 굴곡진 자신을 바로 부양하면서

마음 다잡고 깨침의 등자 열매 익는 과정에
성숙한 영적 내공에 봄꽃 피울 바이오리듬으로
의식의 바다에 누가 무의식의 소금을 굽는가

생체인식 스마트폰은 생태시학의 시가 아닌가
솟구치는 이타적 기능 그 내장의 생명력으로
바위를 깎고 갈아 만든 거울에 각인하고서야

자신을 반추하며 살고 쓰기를 다짐하면서
　　이 시대의 곡비로 환경의 자생력을 위하여
　　자연의 회복통인가 생태계를 쓴다니까
　　　　　　　　—「바이오리듬−소금시학·39」 전문

　이번 시집의 표제작이기도 한 이 시편은, 생명 현상의 기저基底라고 할 수 있는 '바이오리듬'을 제목으로 삼고 있다. '바이오리듬'이란 사람의 생명 활동에서 신체, 감성, 지성 등에 주기적으로 나타나는 현상이다. 시인은 "헐벗어 메말라가는 생명나무"를 바라보면서 그 안에 "지성과 감성에 잘 익은 열매로 거듭나는" 숙제가 있음을 간파하는데, 이는 "세파에 굴곡진 자신"을 스스로 부양하면서 나아가는 리듬을 발견하는 과정이기도 하다. 그다음으로 마음을 다잡고 깨침과 성숙의 과정에 접어든 "영적 내공"의 바이오리듬이 "무의식의 소금을 굽는" 상징을 불러오는 과정이 펼쳐진다. 류영환 시인이 오래전부터 공들여온 '소금시학' 연작의 총화라고 할 만한 이 '무의식의 소금'은, "생태시학의 시"로 나타나기도 하고, "솟구치는 이타적 기능 그 내장의 생명력"으로 나타나기도 한다. 그렇게 자신을 반추하면서 "살고 쓰기"를 거듭해가는 시인은 "환경의 자생력"을 위하여 자신이 상상하는 가장 근원적인 바이오리듬을 불러오고 있는 것이다. 이처럼 류영환 시인은 생명 현상의 저류底流를 관찰하고 포착하면서 생명 회복의 과제를 가장 본원적인 자연의 몫으로 상정한다. 서정시에서의 생태적 상상

럭은 인간과 자연이 신성한 질서 안에서 호혜적으로 공존하려는 지향을 보이게 마련인데, 그 생명 현상의 성찰 과정에서 류영환 시인은 "동그란 언어로 우주와 상통"(『오늘 이 하루는』)하는 리듬을 충족해가고 있는 것이다.

또한 위에서 살펴본 두 작품은 모두 연시조 형식을 취하고 있다는 점이 특징적이다. 얼마 전부터 시조 창작에 공들이고 있는 류영환 시인의 모습이 약여하게 나타난 실례들이라 할 것이다. 원래 시조는 정형 양식으로서의 기율과 감각을 통해 고유한 절제와 균형의 원리를 견고하게 지켜온 양식이다. 그것은 서구적 특수성에서 자라난 여타의 역사적 장르와는 전혀 다른 고유한 토양을 만들어왔는데, 다양한 원심적 파격破格이 부박하게 떠도는 우리 시대에 얼마든지 새로운 생성과 창신創新의 길을 걸어갈 수 있는 양식이라고 할 수 있을 것이다. 류영환 시인은 이러한 단아한 형식에 근원적 시상詩想을 결합하면서 생명의 근저를 투시하는 시선과 감각을 보여줌으로써, 시조 양식의 적실한 현대적 활용과 구현을 구체적으로 보여주었다. 류영환 시학이 빛나는 자리가 아닐 수 없다.

3. '시인'으로서의 자의식과 '시'의 이미지

다음으로 우리는 류영환 시학이 '시인' 혹은 '시'의 존재 방식을 향하고 있음에 주목할 수 있다. 원래 시인이 지향하는 세계와 현실 지형은 어긋나 있는 경우가 많다. 그래서인지 시인이 지향하는 내적 연관성이나 신성神聖 같은 근원적 가치들은, 이 신성 부재의 세계에서 시인으로 하여금 주변인 (outsider)의 외관을 띠게끔 만들기도 한다. 이때 시인이 택하는 작법은, 실존적 안타까움에 머무르지 않고 거기서 한 걸음 떨어져 그것을 바라보는 견고한 시선에 의해 구축되어 간다. 이러한 시선에 의해 구성되는 질서는 그대로 시인이 상상하는 '시'의 은유로 나타나는데, 그 점에서 '시'는 류영환 시인에게 자신의 지향을 역설적으로 암시해가는 긍정적이고 생성적인 세계 참여의 한 형식으로 나타난다고 할 수 있다. 또한 류영환 시인은 기억 속에 존재하는 강렬한 빛으로 삶을 되쏘며 살아가는 존재자로서의 '시인詩人'의 상像에 대해서도 강렬하게 노래하는데, 삶 가운데 존재하는 보편적 가치 형식들에 대해 열려 있으면서도, 시인으로서의 경험적 직접성과 보편적 존재 방식에 두루 민감한 형상을 보여준다는 점이 이색적이라고 할 수 있다.

1.
한 줄 시 속에 모든 꿈 묻고 떠나던 날
나무 기둥에 명찰 하나 초등학생처럼 달고
수목장 한 그루 나무로 남아 있고 싶다

강물 고요를 춤추게 하는 저 달빛 어린
서재 한 켠에 흰 책나무로 책꽂이 되어

친구들 데불고 제 몸 안에 갇혀 웃고 있다

2.
이윽고 다 자란 나무들끼리 맺은 맹세는
우리 모두 숲이 되어 시인의 마을에 살자
하늘문 열고 하늘과 소통하면서

3
비로소, 그 침묵의 나무는 혼연일체로
늘푸른 낙락장송의 시인이 되고 마는 것

—「시인, 그 나무는」전문

이 시편은 '시인=나무'라는 은유적 등식을 통해 '시인'과 '나무'가 상동적相同的으로 가지는 생성적 속성에 주목하고 있다. 시인은 자신의 시적 생애에서 "한 줄 시 속에 모든 꿈 묻고 떠나던 날"을 상상해본다. 당연히 그것은 "수목장 한 그루 나무로 남아 있고" 싶은 소망과도 연결된다. "서재 한 켠에 흰 책나무로 책꽂이 되어" 남은 세월도 시인의 존재론 의 선명한 모습을 보여주는 데 기여한다. "우리 모두 숲이 되어 시인의 마을에 살자"던 맹세는 "하늘문 열고 하늘과 소 통하면서" 가닿는 "자신의 절대고독"(「폭설 내리는 날에 – 소금시 학 · 28」)과도 같은 것일 터이다. 이처럼 류영환 시인은 "침묵 의 나무"와 혼연일체가 되어 "늘푸른 낙락장송의 시인"으로 자신의 존재를 확연하게 전이해간다. 그 순간 "내 안의 세한 이랑마다 쪽빛은 칼날 파도가 되어/ 천 개의 독필 끝마다 청솔가지 팔팔 나부낀"(『청솔 일획, 그 비상을 위하여 - 세한도』) 시간이 시인의 몸 안에 천천히 번져가지는 않았을까? 그렇게 "점점 뜨거워지는 가슴에 그리움을 되새기면서"(『춤추는 봄』) 재구再構해보는 시인으로서의 초상이 '나무' 이미지와 연결되면서, 이 작품은 시인으로서의 새로운 생성적 면모를 보여주는 가편으로 남았다고 할 것이다. "꽃포기는 새로 돋아 옛 정신을 되살리고"(『꽃닢』) 있는 모습을 관찰하고 형상화하는 시인으로서의 모습이 선명하고 귀하게 다가온다. 그리고 다음 작품도 그 연장선상에서 읽을 수 있을 것이다.

갓 잡아 올린 오징어와 놀래미 한 접시에
진눈깨비 흩날리는 주문진 바다가 출렁인다
먹물은 정갈히 받아두었다가 집으로 가져가서
황홀하게 그대가 그리운 어느 날 밤 달빛에
'오래 먹먹토록 먹을 갈아 시를 쓰리라'

그 옛날 흑산도에서 정약전의 자산어보처럼
그 글말들 오래되면 희미하게 지워지나
바닷물에 다시 담그면 먹빛으로 되살아나서
그대로 원상복구된다지 않는가
빙산의 심경에 이르러 은자의 한을 다 수장하면

여적 같은 시혼만 불새로 날아올라서

102

통·천하 회오리 바람결에 불끈하는 새싹은

낙락장송으로 와유강산臥遊江山 붓끝에 찍히리니

까치노을 결 따라 은빛 꽃잎 띄우는 먼바다에

어엿이 초록별 하나 떠올라 독야청청하리

　　　　　　—「이 강산 낙화유수—소금시학·41」 전문

　'나무'에 자신의 시인으로서의 자의식을 투사投射했던 류영환 시인은, 이 작품에서도 숱한 자연 형상을 불러와서 '시'를 표현하고 사유한다. 진눈깨비 흩날리는 바다에서 "황홀하게 그대가 그리운 어느 날 밤 달빛"을 빌려 "오래 먹먹토록 먹을 갈아 시를 쓰리라"는 다짐은, 시인으로서 항용 가질 법한 강렬한 자의식일 것이다. 그와 동시에 시인은 흑산도에서 씌어진 "정약전의 자산어보"를 떠올리면서, 비록 "글말들"이 오래되면 지워지지만, "바닷물에 다시 담그면 먹빛으로 되살아나"는 현상을 새삼 환기한다. 그렇게 "여적 같은 시혼만 불새로 날아올라" 새싹처럼, 낙락장송처럼, 와유강산臥遊江山 붓끝에 찍힐 터인데, 이때 시인은 먼바다에 "초록별 하나" 떠올라 독야청청할 것을 상상한다. 그리고 먹먹하게 씌어진 '시'가 그대로 '별'의 천체적 이미지로 옮겨가면서 낭만적이고도 심미적인 형상과 등가를 이루는 순간까지 예감한다. 결국 "깨어 있는 홀로 마음의 나, 저 등불 같아"(「눈 덮인 폐가에서」)지는 과정에서 시인은 태어나고 또 성숙해가는 것이다. 먼바다에서 "마음 안을 훑고 갈아 그려내는 저 풍경화"(「빗방울 봄

전주곡」)야말로 류영환 시인이 써가는 '시'의 은유적 분신인 셈이다. 그 안에는 시인이 꿈꾸는 "언어의 집"(「인간사막」)이 아스라하고도 아름답게 지어져 있을 것이다.

원래 모든 자연 사물은 홀로 떨어져 존재 원리를 구현하지 않는다. 주위 환경은 물론, 이웃하고 있는 자연 사물과 한껏 교감하고 상응相應하면서 자기 존재를 타자의 기억 속에 각인하고 궁극적으로 자기 존재를 실현해간다. 이때 '사물死物'은 생명으로 가득한 '사물事物'로 스스로를 갱신해가면서 세계 구성에 참여하게 된다. 우리가 읽은 류영환 시편 또한 이러한 사물들의 세계, 곧 자연과 인간 혹은 자연끼리의 교감과 상응이 펼쳐지는 세계를 아름답게 담으면서, 나아가 그 감각을 삶의 그것으로 전이시키려는 상상력에 의해 구상되고 씌어진 것들이다. 그 안에서 자연 사물은 때로는 '시인'의 존재론을 구성하는 등가적 이미지로서의 '나무'로, 때로는 먼바다에서 씌어지는 '시'의 파생적 이미지로서의 '별'로 나타난다. 이 모든 것이 '시인 류영환'의 일관되고 지속적인 자의식의 충일한 발로라고 할 수 있을 것이다.

4. '자유인'으로서의 존재론적 후경後景

전통적인 종교적 해석에 따르면, 신神의 계획과 섭리가 이루어지는 구체적 현장이 바로 '시간'이고 '역사'일 것이다.

따라서 신의 뜻 안에서 인간의 삶과 역사의 과정은 그 자체가 하나의 유기체적인 통일(organic unity)을 이루게 된다. 물론 통일성 안에서 인간의 자유의지 혹은 지상적 삶의 갈등은 매우 중요한 구성 요소가 된다. 신의 완전성과 인간의 유한성의 대비가 인간의 몰沒주체성을 그대로 보여주는 것은 아니라는 것에 종교의 딜레마가 숨어 있기는 하지만, 특별히 인간 갈등의 필연성과 그 치유 과정으로서의 역사의 가치를 강조하는 입장에서 보면, 인간의 '자유의지'는 더없이 중요하게 된다. 그래서 우리는 서정시 한 편이 인간에게 부여하는 긍정적 의의를 지나치게 과장해서도 안 되겠지만, 이 영상 주도의 시대에 인생론적, 인문학적 가치의 중요성과 더불어 서정시가 끊임없이 삶을 반추하면서 소중한 '남은 자(the remnants)'의 목소리를 들려주는 가치를 지닌다는 점을 강조하게 된다. 류영환 시인의 아름다운 시편은 이같이 한 시대의 외곽성을 적극 포괄하면서 그곳에서의 숨쉴 만함을 가멸차게 노래하고 있다. 그야말로 '자유인'으로서의 시인의 모습이 살갑게 만져지는 속성이 그 안에 가득 출렁인다.

저녁노을에 홀로 앉아 무얼 그리도 골몰인가
까닭 없는 고난이 안타까워 못 견디겠다네

달빛에 마음 고요 깊어가면 천고의 꿈에 들고
꽃 피어도 지고 나면 남은 해 수심에 젖는다

세상 풍파 번뇌로 몸은 자유롭지 못하는가
오늘이 날 등지고 벌써 훌쩍 떠나간다니

흐르는 물은 돌고 돌아서 하늘 위로부터
그리는 청산의 뮤즈 길이 노마드의 등불 될까
—「청산의 뮤즈」 전문

　서정시 한 편 한 편을 노래하는 주체는 단연 '청산의 뮤즈'일 터이다. 노을이 짙어가는 저녁 무렵에 홀로 앉아 무엇엔가 골몰하고 있는 모습은, 그 자체로 시를 쓰는 시인 자신의 것이겠지만, 여기서는 "까닭 없는 고난"을 겪어가는 "청산의 뮤즈"의 것이다. 그런가 하면 달빛 드는 밤에도 "마음 고요" 깊어가면서 수심에 젖어가는 "청산의 뮤즈"는 "흐르는 물"처럼 돌고 돌아 하늘 위로부터 새로운 기운을 얻어가기도 한다. 그때 "노마드의 등불"을 좇아가는 시인도 서정적 동참과 신생의 순간을 경험한다. 그리고 우리도 여기서 '뮤즈'가 노래하는 서정시의 중심적 기능 중 하나가 바로 그러한 신생의 순간에 있음을 경험한다. 우리는 우수한 서정시를 읽고 숨 쉼으로써 미처 인지하지 못했던 어떤 관념이나 가치, 양식 등을 체험하며 깨닫게 되는데, 그 깨달음을 가능하게 해주는 '뮤즈'는 때로는 "상처가 깊을수록 화려한 사랑"(「여름 칸타타」)을 하고, 때로는 "뜨거운 침묵의 흐름에도 마디"(「가람에 저 달은」)를 발견하는 존재자일 것이다. "어둠에서 다시 충만한 삶으로"(「변하지 않는 것 어디 있을

106

까」 옮겨가는 신생이 순간이 '뮤즈'가 걸어갈 "노마드의 등불" 속에 가파르게 담겨 있을 것이다.

1.
어둠이 왕 노릇하는 세상을 깨닫고 보니
서녘 하늘 꽃 진 자리에 향기 더욱 짙어라

이웃은 나를 비춰보는 나의 거울이라던가
서로가 서로에게 밥이 되어주는 거룩한 바보일 터

2.
이젠 한 하늘에 올라 양날의 화염검火焰劍 되고 보니
성자의 해맑은 웃음은 온새미로 슬픈 기쁨이 된다

죽은 땅을 갈아엎어 곰살궂은 사랑으로, 다시
라일락 피우는 생명 그 나무 참 아득하다
　　　—「거룩한 바보–김수환 추기경의 선종에 부쳐」 전문

이 시편은, 세상이 다 아는 '김수환 추기경'의 생애를 집약적으로 살핀 일종의 '인물 시편'이다. 추기경의 선종善終에 부친 시편으로서 다시 한번 '자유인'의 삶을 톺아보는 순간을 담고 있다. 류영환 시인이 보기에, 김수환 추기경의 삶은 "어둠이 왕 노릇하는 세상"과는 반대편에 있었다. 그것을 깨달으면서 시인은 추기경이 떠나신 "서녘 하

늘 꽃 진 자리"에서 더욱 짙은 향기를 맡는다. 이때 떠나신
이의 환각처럼 찾아온 흔적은 시인으로 하여금 "나를 비춰
보는 나의 거울"을 발견하게끔 해준다. "서로가 서로에게
밥이 되어주는 거룩한 바보"로서의 삶을 보여준 그분의 삶
과 죽음이 그렇게 시인에게 "성자의 해맑은 웃음"으로 찾
아온 것이다. 그 웃음은 "온새미로 슬픈 기쁨"이 되어주는
데, 그렇게 죽은 땅을 갈아엎는 사랑의 힘으로 생명을 다시
아득하게 돋우어가는 "거룩한 바보"는 "저리도 해맑은 웃
음"(「별똥별·2」)으로 모든 이의 존재론적 후경後景이 되어줄
것이다. 그리고 그 안에는 항구적으로 "차오르는 그리움의
파도/ 스스로를 태우는 내면의 불길"(「마음」)이 가득할 것이
다. 이래저래 그분은 "천년을 살아도 변함없이 신실한"(「모
나리자의 미소」) 본래적인 '자유'와 '사랑'의 화신으로 남을 것
이니까 말이다.

　우리가 잘 알듯이, 일상의 쇄사鎖事가 가지는 문양들은
주위에 다양하게 편재해 있는 사물의 외관을 감각적 구체
성에 의해 묘사함으로써 가장 잘 형상화될 수 있다. 하지
만 많은 경우, 시인들은 그러한 감각적 현재형의 묘사보다
는 지나간 과거형의 시간에 대한 남다른 기억과의 접점을
통해 사물을 재구성함으로써 현재적 일상의 문양에 간접적
으로 다가가기도 한다. 논리적으로는 모순으로 보이는 이
러한 시적 발상과 작법은, 우리의 일상이라는 것이 과거와
격절된 것이 아니라, 기억을 매개로 하여 과거와 이어진
시간 형식이라는 사실을 시인이 승인한 결과일 것이다. 류

108

영환 시인은 이러한 일상과 기억의 변증법을 노래하되, 소리 높여 무언가를 규정하는 선형적 욕망을 최대한 삼가면서, 자유로움과 깨달음 사이를 충분히 오가며 낮은 목소리로 그 과정을 전하고 있다. 이러한 '자유인'으로서의 존재론적 후경의 목소리가 우리 삶에 비상한 활력을 부여한다고 한다면 그것은 왜일까? 그것은 다름 아닌 독자들의 열망이 그 안에 투사되어 시인이 노래하는 자유의 언어와 조우하면서 생기는 창조적 흔적 때문일 것이다. 따라서 서정시의 자아 탐구라는 것은 시인의 기능에 의해 전적으로 발생하는 것이 아니라, 그 틈을 비집고 들어가 자유의 형상과 일체를 꿈꾸는 독자들 편에서 실현되고 완성된다고 할 수 있을 것이다.

5. 신성 지향의 상상력을 통한 존재의 상승

신의 계획과 섭리로 구현된 창조 질서는 카오스Chaos에서 코스모스Cosmos로 이행되는 신의 주권을 핵심적으로 표상한다. 이러한 역사관에서 비롯되는 우주관, 시간관, 인간관, 가치관 등은 창조, 사랑, 섭리, 구원의 역사를 종교적 사유의 근본 구조로 받아들이게끔 요청한다. 그만큼 종교적 사유 혹은 지향은, 인간의 구체적 삶에 대한 관찰을 통해 신과 인간의 문제, 인간과 인간의 문제, 인간과 자연의 문제 등에 대한 인식과 비전을 창출하는 데서 얻어진다.

이때 세속적 합리주의가 아니라 종교적 사유와 경험에 의한 극복 의지가 중요한 것은 두말할 나위가 없을 것이다. 물론 류영환 시인은 종교적 상상력을 줄곧 채용하면서도, 그것을 관념적 성소聖所에 폐쇄적으로 가두지 않고, 늘 지상地上의 구체성으로 열어가는 독특한 힘을 가지고 있다. 다음 시편을 한 번 읽어보자.

> 꽃이 졌다고 보내온 친구의 편지가 애석한 것은
> 꽃 진 자리에 열매가 맺히기 전이었다
> 바람이 휩쓸고 간 꽃자리에 흔적이 가려워 서 있는
> 영적 존재는 무엇을 위한 기다림이었는가
> 기다림이란 견딜 만큼 견딘 상처, 그 상처들이
> 나름의 고통으로 허공에 목마름의 바람 안고
> 퍼내어도 퍼내어도 남는 무심한 시간 속에
> 아름다운 꽃 한 송이 풀지 못한 그가, 어느 별과
> 눈 맞아 구원의 녹색 모스부호를 날려 보내고 있는가
> 자신을 열어놓은 꽃길에서 자신을 지울 수밖에 없는
> 꽃 진 자리마다 까맣게 제 속을 살라먹는 등불로도
> 친구여, 인내의 실한 열매 하나 맺고 익혀본 적 있는가
> 꽃이 졌다고 보내온 편지에 답장을 쓴 곳은
> 둥근 세월의 들녘, 삶의 향기 그지없는 별천지
> 생전에 미리 누릴 수도 있는 천국
> 그 천국의 시간이 멈춘 곳은
> 기적의 카이로스에 영원한 현재의 선물일 터
>   ―「돌아오지 못한 편지」 전문

어느 친구가 시인에게 꽃이 졌다는 사연의 편지를 보냈지만, 시인은 꽃 진 자리에 열매가 맺히는 것을 보고 그 편지를 애석해하는 반응을 보여준다. 꽃 진 뒤에 열매가 맺는 것처럼, 어떤 "영적 존재"도 "바람이 휩쓸고 간 꽃자리"에서 무언가를 기다렸을까 하고 묻는 것이다. 그리고 "기다림이란 견딜 만큼 견딘 상처"가 아니겠는가 하고 시인은 생각해본다. 아니 어쩌면 그 상처들이 고통으로 피어난 "아름다운 꽃 한 송이"가 아니겠는가? 기다림의 존재자들이 어느 '별'과 눈이 맞아 "구원의 녹색 모스부호"를 날려 보내는 장면에서, 시인이 가지고 있는 우주적 상상력이 흔연히 나타나는데, 그렇게 시인은 자신을 지워가는 "꽃 진 자리"마다 "까맣게 제 속을 살라먹는 등불"을 통해 "인내의 실한 열매"를 맺어간다. "삶의 향기 그지없는 별천지"에서 "기적의 카이로스에 영원한 현재의 선물"을 누려가는 것이다. 일찍이 고대 그리스에서는 시간을 의미하는 두 개의 단어가 있었는데, 하나가 크로노스Chronos라면 다른 하나는 카이로스Kairos이다. 크로노스는 일반적 의미의 시간으로서 시계로 계산되는 물리적이고 객관적인 시간이고, 카이로스는 세상에 임하는 신의 시간 곧 체험적으로 구성되는 주관적인 시간이다. 류영환 시인은 바로 그 카이로스의 삶에서 "오늘은 부활생명탑 세우리라"(「오늘에 기대어 – 사순절」)고 다짐하고, 스스로 "마음속 깊이 그리는 본향으로"(「그리운 자작나무」) 가고자 하는 것이다. 그 점에서, 류영환 시를 일러 '카이로스의 시학'이라고 새롭게 규정해볼 수도 있을 것이다.

말할 것도 없이, 시간은 우리의 삶 속에서 하나의 흐름 혹은 연속성으로 경험되어간다. 하지만 시간의 흐름은, 그 자체로 물리적 실재가 아니라 하나의 은유일 뿐이고, 시간은 사람마다 상이한 기억과 체험 속에서 재구성될 수밖에 없을 것이다. 시인들이 사물의 비의秘義를 드러내거나 암시하려 할 때, 종종 시간의 흐름이라는 형상을 택해 자신의 체험적 흔적들을 구성하려는 욕망을 가지는 것도 바로 시간이 가지는 이러한 은유적 원리 때문일 것이다. 근본적으로 서정시는 이러한 시간에 대한 체험과 인지의 형식으로 씌어지는데, 류영환 시편 역시 이러한 오래된 원리를 작품의 핵심으로 삼고 있다. 다시 말하면 시간의 흐름 속에서 삶의 본질을 투시하는 방법 혹은 시간의 흐름 사이로 보이는 흔적들에 대해 '카이로스'의 인식을 시인이 채택하고 있는 것이다.

냉혹한 운명의 계절에 얼음으로 맞선다
오염되지 않는 결빙의 아픔만으로
내 안의 자연에 빚어낸 시라는 결정체!

비탄에 젖기보다 진리의 황홀경에 들어
황폐한 절망의 풍경을 이기게, 서러운
겨울로 피어나는 인동초, 얼음꽃 비롯한다

황무지의 부재는 창조의 근원인가

아득한 대속의 사랑과 나눔 모두어 사는

살그미 봄을 수놓는 자연 생명꽃 피운다

—「얼음꽃」 전문

역시 시조로 씌어진 이 작품에서도 시인이 지향하는 신성한 거소居所로서의 '시詩'가 거듭 태어나고 있다. 그 안에는 "냉혹한 운명의 계절"을 얼음으로 맞서온 무언가가 있는데, "결빙의 아픔"을 통해 "내 안의 자연에 빚어낸 시라는 결정체"가 바로 그것이다. 비탄의 상념에서 벗어나 "진리의 황홀경"을 노래하는 그 "시라는 결정체"는, 시인에게 신성 지향의 상상력을 통한 존재의 상승에 불가피하고도 불가결한 핵심 요소가 되어준다. 그 결정체는 "황폐한 절망의 풍경을 이기게" 해주는데, 이는 "황량함도 극에 달하면 저토록 아름다울 수 있을까"(「느보산에 오르다 – 소금시학 · 35」)라는 구절을 연상케 해준다. 그렇게 시인은 "서러운/ 겨울로 피어나는 인동초, 얼음꽃"을 상기하면서, "창조의 근원"으로서 "아득한 대속의 사랑과 나눔"을 실행해가는 "자연 생명꽃"이 바로 자신이 노래하는 '얼음꽃'임을 나직하게 역설해간다. 이때 류영환 시인의 '시'는 "저 둥근 속도의 힘"(「타이어는 굴러야 타이어지」)으로 "비밀을 간직한 하늘 경전"(「조장鳥葬, 그 차마고도에」)을 보여주게 된다. "은연하게 들려오는 저 천연의 음성"(「나그네」)을 받아 적고 번역하는 시인으로서의 천연의 직임을 충실하게 수행하는 것이다.

류영환 시인이 자신의 현재적 삶의 형식에 다다르는 중

요한 방법론으로 시간의 자의식을 원용하고 있다는 사실은 앞에서 적시한 바와 같다. 이처럼 시간의 흐름 사이에서 구체적 존재자를 통해 존재를 포착하고 암시하는 원리나 작법은, 사물의 연속성을 물리적 시간 안에서 포착하고 서술하는 '서사'나, 시간을 인위적으로 정지시킨 채 사물의 외관을 그려내는 '묘사'와는 다른, 류영환 서정시만의 독자적인 형상화 원리라고 할 수 있다. 류영환 시편은 그러한 서정의 원리에, 신성 지향의 상상력을 덧보태면서, 존재의 순간적이고 도약적인 상승 과정을 아득하게 보여준다. 이 또한 서정의 궁극이 견지할 수 있는 극점의 지경地境일 것이다.

6. 류영환 시학의 의미와 가치

우리 시대의 서정시는 자신의 고유 임무가, 인간의 합리적 이성이나 오래된 관행에 의해 일사불란하게 관철되고 있다는 데 대한 강렬한 부정 정신과 함께, 근대적 이성이 그어놓은 숱한 관념의 표지標識들에 대한 재구축의 열정에 있음을 보여준다. 물론 그러한 정신과 열정은 실험적 전위들이 가질 법한 도전적이고 모험적인 태도와는 비교적 거리가 먼 것이다. 오히려 그것은 잃어버린 서정시의 위의威儀를 다시 세워보려는 고전적 열망과 깊이 닿아 있는 어떤 것일 터이다. 그래서 그 안에는 인간들이 인위적으로 정해

놓은 경계와 그 경계를 지웠을 때의 자유로움이 대조적으로 그려진다. 그 자유로움이 바로 우리가 근대를 치러오는 동안 잃어버렸던 생명의 원리이자 속성일 것이다. 류영환 시편 역시 이러한 생명의 속성과 원리에 대한 형상화에 매진한다. 물론 이러한 방향이 우리가 잃어버린 일종의 거대서사(grand narrative)를 대신하기는 쉽지 않겠지만, 우리 시대의 불모성과 실용주의적 기율 범람에 대한 유력한 시적 항체는 될 수 있을 것이다. 류영환 시편의 근본주의적 성찰 과정이 그에 값하는 위상을 가진다고 우리는 말할 수 있을 것이다.

이처럼 내면과 영혼의 폐허를 넘어 생명의 경지를 열어가는 류영환 시인의 상상력은, 생명 현상에 대한 섬세한 상상력으로 한 걸음 더 나아간다. 범인凡人들이 무심하게 간과해버리는 것, 그리고 사물과 사물 사이에 미세하게 펼쳐 있는 균열들을 시인의 감각은 놓치지 않고 언어적으로 탐사해낸다. 그 생명 현상이 나타나는 현장은 신성, 자연, 인간에 모두 걸쳐 있다. 그렇게 류영환 시인의 시적 발견과 표현은 삶의 관조와 포즈에서 생겨나지 않고, 이렇듯 참신한 발상과 표현에서 완성되고 있는 것이다. 이는 시인의 자연적 연치年齒보다 시인의 생각과 언어의 활력과 참신성이 더 중요하다는 것을 실물적으로 증언하는 사례일 것이다. 아닌 게 아니라 시인의 생각과 언어에는 우리의 삶에 배어 있는 이면 현상을 투시하려는 예지와 열정이 곳곳에서 보이고 있지 않은가. 그 가운데 가장 확연한 것은, 삶이라는 것이 비관이나 희망에 의해 선형적으로 파악 가능한 것이 아니라, 희미하고 복합적인 힘들의 역학에 의해 구성된다는 시각일 것이다. 이를 두고 삶의 복합성을 드러내는 류영환 시인만의 시적 증언들이라고 불러도 틀리지 않을 것이다.

이제 우리는 자신의 시인으로서의 삶을 "하나의 생 자체로 사랑하고"(『외눈박이 새』)자 하면서 "마지막 희망은 만선이 되어 귀천하는 것"(『이윽고, 그 섬은』)이라고 고백하는 류영환 시인이, 그 사랑과 희망의 힘으로, 상상력의 새로움을 잃지 않으면서, 삶의 복합 국면들을 더욱 깊이 있게 형상화해갈 것으로 믿게 된다. 그때 시인은 생명과 신성의 결속으로 번져가는 서정의 궁극을 더욱 깊고 융융하게 우리에게 보여줄 것이다. 이 모든 것이, 류영환 시학이 지니고 있는 고유하고도 역동적인 의미와 가치가 아닐 수 없을 것이다.